KB130123

입 안에 꽃을 심다

입 안에 꽃을 심다

—

초판 1쇄 2020년 9월 21일
지은이 백순금
펴낸이 김영재
펴낸곳 책만드는집

—

주소 서울 마포구 양화로3길 99, 4층 (04022)
전화 3142-1585·6
팩스 336-8908
전자우편 chaekjip@naver.com
출판등록 1994년 1월 13일 제10-927호
ⓒ 백순금, 2020

* 이 시집은 경남문예진흥기금 제작비 일부를 지원받았습니다.

경남문화예술진흥원
GYEONGNAM CULTURE AND ARTS FOUNDATION

—

ISBN 978-89-7944-741-5 (04810)
ISBN 978-89-7944-354-7 (세트)

책 만 드 는 집   시 인 선 1 5 8

입 안에 꽃을 심다

백순금 시조집

책만드는집

까치발로
꽃잎을 물어다 나른
수없이 많은 날들

밤마다 숱한 마름질만 하다가
날이 새기도 하는…

곰삭은 언어로
정갈한 만찬을 차려내고 싶은 꿈이
아직 달다

햇살이
머무는 장독엔
여전히 발효 중이다

－2020년 가을
백순금

| 차례 |

2부

3부

4부

5부

1부

뜨거운 다짐

묵은 이파리 털고
새날 여는 아침이다
더 넓게 더 빠르게 달려온 발걸음들
한때는 말줄임표로 서성인 적 있었다

언 땅에 봄풀 돋아
다시 눈뜬 이 아침에
맨살의 지문 읽듯 밟고 갈 길 위에서
더 낮게 모를 깎으며 한 생을 태워간다

비울수록 채워지는
새 달력 걸어놓고
분주한 일과표로 촘촘하게 점을 찍어
웃자란 손톱 자르며 또 하루를 펼친다

입 안에 꽃을 심다

어물쩍 방치하여 저당 잡힌 입 속을
곡괭이로 파헤치고 망치질 서슴없다
"오늘은 뿌리 박습니다"
꽃 세 송이 심는다

헐거운 땅 골라서 탱탱하게 조인 나사
실한 뿌리 자라도록 간격을 배치하며
시든 꽃 뿌리를 뽑고
야무진 치아 심었다

어렵사리 산을 넘어 돌아온 비탈길에
쇳소리 가득 담은 비대칭 실루엣
정방향 무게중심이
한쪽으로 기운다

쪽물 예찬

꽃물 든 작은 풀잎 하늘빛이 시리다
땀내 묻어 튼실한 쪽 차곡차곡 눕히며
쟁여둔 시간의 틈새 울컥이는 발효실

봄부터 비축했던 속엣말 풀어내듯
상처가 굴절되어 정화된 쪽의 혈액
벼랑을 날던 새들도 언덕을 넘어온다

하얀 천 마름질로 정갈히 삭힌 언어
농익은 항아리에 조물조물 꺼낸 물빛
햇귀를 조리질하며 빨랫줄에 넘실댄다

사월의 유배

꽃 범벅인 사월을 흐느적 걷는 여인
팽팽한 시간표에 구부러진 하루가
기우뚱 엇각을 내며 콧잔등이 시리다

함부로 몸을 쓴 죄 중형을 선고받아
텁텁한 목울대를 채찍으로 후려쳐
시간이 좀 슬어가는 독감병동에 유배되다

범람하는 봄빛들이 창문에 표류하는 사이
링거로 밀어 넣는 먹먹한 한 끼 식사
꽃 잔치 절정을 두고 미라처럼 누웠다

너를 탐하다

제대로 된 골격과 근육질로 다듬어진

반들반들 빛나고 핸섬한 얼굴을 가진

나 너를 갖고 싶어도

차마 고백 못 한 밤

매혹적인 분 냄새와 알싸한 향기 품은

오똑한 콧날에 잘록한 뒤태를 가진

함부로 탐할 수 없는

가깝고도 먼 시의 나라

질경이

애당초 띠를 두른 금수저는 아니지만

차바퀴에 짓밟혀도 눈물 담지 않을 터

길섶에 뿌리 내린 이유 뉘 물어도 의연하다

첨벙대며 건너온 물웅덩이 몇 개 지나

돌아본 굽이굽이 엎어지고 구겨져도

딛고 선 모퉁이마다 희망의 불씨 지핀다

심장이 뜨거워진 꽃의 행렬 지나간다

찐득하게 저물어간 그 이력 더 붉어서

투박한 자갈길에도 옹골진 뿌리 뻗는다

남산을 걸으며

새벽안개 자욱한 가르맛길 오른다 남포항 돌아드는 갯
바람 출렁이면
어머닌 유유히 걷는 솔바람이 되셨다

찌든 땀 등에 업고 황톳길 걸어갈 때 맘의 무게 줄여도
여전히 배부른 산
도심 속 솔숲 향기에 힐링하는 엄마의 품

어스름한 젖줄에 일몰이 내릴 시간 고단한 노동 헹구는
발자국이 설렌다
산사에 깔려진 고요 벤치를 덮고 있다

편식

늘 차리는 밥상이지만 대충 넘길 순 없잖은가
질감 좋은 재료 버무려 밤새워 만든 음식

쟁반에 오롯이 담기 위해
엔터 키를 누른다

까칠한 프린트기는 입맛도 까다롭지
눅눅한 밥도 싫어하고 구겨진 찬도 뱉어내니

맛 좋고 가슬가슬한
A4 용지 가득 채운다

나팔꽃 무대

간밤에 또 한 뼘 배밀이를 했구나
소박하게 그리던 푸른 꿈 손에 쥐고
가붓이 한발 앞당겨 겹눈으로 뜨는 아침

햇살 붉은 한나절 나붓하게 꼬고 앉아
익숙한 발소리에 터진 귀를 열어두면
몇 음절 소프라노로 청빈한 무대 꾸민다

종소리로 씻어낸 맑은 소리 퍼 담아
바람의 등줄기를 둥글게 말아 쥐고
제 속살 가볍게 태워 살포시 막 내린다

국수 삶는 날

국수를 삶아놓고 양파를 다듬다가

막막했던 지난날이
움찔움찔 튀어나와

맵고도 알싸했던 둔덕
수증기로 날린다

마음이 칙칙하고 무거울 땐 양파를 깐다

한 겹 두 겹 벗기면서
눈물 콧물 쏙 빼는 거

시간의 물레방아 돌리면
불어터진 면발이 있다

칼칼한 시집살이 둠벙 하나 파는 건

나를 깊이 가뒀다가
몽땅 삭혀 꺼내는 일

퍼 올린 두레박 너머
단내 물씬 배어난다

노모의 말씀
- 우포늪

여민 앞섶 살포시 여는 방죽에 올라서서
갈대, 고니, 물잠자리 나풀대는 배경 삼아
곰삭은 수채화 한 폭 소담한 붓을 든다

융단처럼 깔아두신 생이가래 사이로
비릿한 고요 품은 제 살을 찢어가며
맨발로 촉을 밀어 올려 가시연꽃 피워낸다

어머닌 늘 그러셨지 나누는 사람 되라고
발 시린 식솔 껴안아 포근히 다독인 성정
따뜻한 혈색이 돌아 소박한 웃음 지으신다

혹한의 폭설도 늦여름 폭우마저
넉넉한 치마폭에 온갖 투정 받아내신
오롯한 자세로 앉아 묵언수행 중이시다

그곳에 가시거든

푸름을 칭칭 두른
지리산에 가시거든
물소리 바람 소리 가슴에 퍼 담으며
무릎을 조금씩 낮춰
나붓하게 오르세요

계곡에 적신 발등
몸속까지 축축해도
융융히 가르치는 산의 말씀 쟁여두고
장엄한 신록 얼굴에
입맞춤하세요

열어둔 잎맥마다
싱그러움 넘쳐나서
자욱한 골안개가 능선을 다 덮어도
담담한 시간의 적요를
무너뜨리지 마세요

창포꽃 지다

오달진 매무새로 집안일을 다잡아

오뉴월 땡볕에도 손끝 야문 어머니는

새까만 쪽머리 얹어 여념 없는 다듬이질

방망이질 내려질 때 내 설움도 후려친다

새파란 날을 세워 흘림체로 잦아드는

무수한 강을 건너서 깊어지는 설움들

몸을 푼 산달에는 미역국이 징하던

달빛조차 푸석하게 기울어간 쪽방에서

목 놓아 울지도 못한 청잣빛 통곡 한마당

2부

몸을 허물다

몸집 큰 사랑채를 수술대에 눕혔습니다
황토벽 어룽진 낙서 핏기 없는 주춧돌
살강 위 앉았던 먼지
파랑을 일으킵니다

서까래 잘라내고 환부까지 도려내어
기억의 길이보다 긴 울음 삼켜가며
육 남매 묻었던 기억
허물을 벗습니다

가슴을 서슴없이 내어주신 유산은
튼 살갗 지워가며 쇠골을 드러낸 채
단숨에 곤두박질쳐
육중한 몸 감춥니다

바스러진 몸통을 저분저분 뿌리며
소박한 꿈도 접고 저문 생을 지웁니다
오십 년 묵은 태엽이
멈추는 순간입니다

장수말벌의 익사

최상위
포식자가
남의 땅 노려본다

독침을 움켜쥐고
시시탐탐 위협하는

무차별 먹이사슬의
피라미드 왕처럼

정의로운 세상에도 갑질하는 그가 있다
표적의 대상에겐 가차 없이 찍어 눌러
찰나에 먹이 빼앗아 포식성을 즐기는

허겁지겁 물 먹다 헛발질하는 그가

혼절한 익사체로 하늘 보며 둥둥 뜬다

특허증 독침만으론 영원할 수 없다는 듯

지리산에서 만난 손님

청학동 밤 저물어 빗장 걸고 누웠는데
두드리는 문소리에 창밖을 내다보니
가을비 놀러 왔다며 문 열어달라 투정이다

밤 깊어 안 된다고 꼬드겨 보냈더니
책장 펼쳐 앉자마자 노크 소리 요란하다
아뿔싸 문틈 사이로 발을 쑤욱 들이민다

잠시 쉬어 갈 간이역 만난 김에
오늘만 친구 하자며 악수를 청하는 손
온돌에 몸을 말리며 두런두런 얘기꽃 핀다

개봉

배달된 우편물을 생각 없이 뜯었다
이름 석 자 갈라지며 속옷이 드러난다
맨살이 불거져 나와
당황한 너를 본다

알피엠 높여가며 먼 길 달려와
내밀히 쌓였던 말 쏟아내고 싶었는지
립스틱 진하게 번져
잔뜩 설렌 얼굴이다

이제 나는 함부로 개봉하지 않는다
연한 꿈의 빛깔로 조심스레 뚜껑을 연다

행간에 박힌 글들이
천천히 일어선다

굿바이 내 사랑

이다지 오래도록 함께할 줄 몰랐지
눈비 내려도 신발 되어 전천후로 달렸고
뒷목이 뻐근할 때면 부항도 마다 않던

방지턱 넘어설 때 허리 휘는 통증도
가래 끓는 쉰 목소리 긴급 처방 달래가며
오르막 그렁거리면 밑불 되어 당겼지

빼곡히 적힌 이력서 열여섯 해 훈장 들고
덤으로 얹어주는 마지막 드라이브
땅거미 깔린 도로를 절룩이며 달린다

봄꽃으로 이울다

참나무 등걸 같은 우람한 체격에도
성큼 걷던 돌무더기 넘지 못할 무게였나
헛발을 디딘 꽃줄기 통째로 부러졌다

소탈한 웃음조차 바람이 걷어 가지만
넘기는 페이지마다 꽃길*로 다가와서
부재중 뜨는 전화번호 지우질 못한다

수축한 마음 접어 다독이듯 내려놓고

땅속에 떨군 이름 시나브로 지워지길

그림자 태우고 가는 그 꽃길로 배웅한다

* 시인인 글벗을 잃었다. 그가 썼던 시의 제목이다.

스마트폰, 너

너를 사귀고는 모든 걸 까먹었다
안과에 예약해 둔 날짜도 잊어먹고
머릿속 달달 외우던
전화번호도 까맣다

급하게 외출하며 네가 손에 없을 때
줄줄이 부재중 전화 단톡에 문자까지
너에게 모두 맡겨둔
내 하루가 불안하다

차곡차곡 저장해 둔 여백의 비밀까지
통로를 열어가며 손에 꼭 쥐는 연습
내일은 일찍 깨워줘
편안한 잠 청한다

레시피

맛있는 시를 요리할 땐 담백하고 아릿하게
새콤하고 달달하게 때론 얼큰하고 맵싸한
농익은 맛이 안 나면
알짜 비법 써보세요

햇살 한 스푼
바람 두 조각 조심조심 데려와
잘 여문 향기
반 숟가락 넣어 자박자박 무쳐요

빗방울 살짝 두르고
꽃잎 접시에 담아요

안구건조증
― 미용일기 6

초점이 흐릿한 눈 진료 마친 의사가

직업을 버리라고
오랏줄 던지시네

아 잠시 휘청거린다
우지끈 무너진다

점선들로 메꾸어온 순간들이 먹먹하다

나이테 선명하게
반복되는 굴레지만

삼십 년 익어가는데
가붓이 넘길 일인가

고장 난 두레박
– 미용일기 7

계단보다 빠른 길을 선택한 죄목일까
퍼런 서슬 치켜뜨고 덜커덩 옥죄더니
먹먹한 위리안치가
깜깜한 섬 에워싼다

예약된 손님들은 줄 서서 아우성인데
맘 한쪽 빠져나와 허겁지겁 달려가지만
한 평 반 섬 안에 갇혀
정지된 이 함정

굳게 지른 빗장이 애태운다고 열릴까
버튼을 눌러대며 마른침만 삼킨 시간
쿵쿵쿵
놀라셨지요?
이명으로 다가온다

송엽국

햇살이 깃을 털자
살 부비는 소녀들

초록 방석 깔고 앉아 소꿉놀이 한창이다
분주한 꽃불을 켜며 깔깔대는 웃음소리

윤기 띤 얼굴끼리
유희하는 한나절

진홍빛 치마 펼쳐 사뿐히 도는 탭댄스
사부작 깃털을 펴면 꽃부챗살 벙근다

장산숲

고택에서 굴러오는 천 년 전 발자국 소리
철 따라 두꺼워지는 비보裨補숲 굵은 숨결
팔각정 돌아온 연서
수련잎 어룽진다

대낮에도 환하게 연등 켜는 청정 습지
널브러진 돌무지로 새 떼들은 몰려와
등 굽은 서어나무 돌며
쉴 공간 찾아가는

가슴 한쪽 갉아 먹힌 상처가 굽어져도
잘게 부순 햇살들이 입덧처럼 번져갈 때
팽나무 그늘에 깔린 바람
땅을 훑고 지나간다

초목은 늦잠에 들어

사방에 꽃방석 깔고 비비새 우짖는 골

한 치 앞도 분간 못 할 지척의 거리에서

초목은 늦잠에 들어 기지개 켜는 잎새들

해종일 덮어썼던 안개모자 벗어두면

고요가 너무 깊어 푸른 이슬 떨구는 밤

길섶에 내린 달빛도 애무하는 청학동

3부

가뭄을 읽다

작살처럼 퍼붓는 따가운 땡볕 줄기
지상에 쏟아지는 검붉은 시간, 맵다

거북 등 생살 찢기듯
뭉개지는 농심들

고온에 덴 밭고랑 가쁜 숨 내뱉다가
뒤틀린 목마름에 중심이 휘청일 때

뒤꿈치 휘감는 열기
발자국이 꼬인다

오그라든 잎새들 굽은 어깨 다독여
무딘 호흡 두려워도 버석거린 몸 일으켜

알토란 주먹 쥐고서
뿌리 깊게 내린다

태화강 십리대숲

우듬지에 내린 햇발 천천히 비켜 갈 때

발끝 모은 이웃끼리 갓 구운 달을 띄워

대숲을 빗질해 주는 푸른 바람 길을 낸다

삶의 외길 텅 빈 속을 득음으로 채우고

댓잎과 댓잎 사이 소곤대던 밀어들

여름밤 긴 이야기가 대숲에서 쏟아진다

오늘도 사직서를 쓴다

아동병원 입원실에 애기 울음 쟁쟁거린다
"엄마 나랑 놀아, 가지 마 가지 마"
손등에 주사를 달고 거머쥔다 옷자락을

항생제 과다 투여로 고열에 시달리는
세 살배기 가는 팔에 링거액 떨어지면
양손에 조여진 나사 느슨하게 풀어진다

바이어 접할 업무 동료에게 넘기지 못해
울먹이며 수소문한 돌보미 손에 맡기며
묵직한 발걸음 뗀다 생생한 거짓말로

커리어 우먼 자처하며 앙버티며 달려왔지만
멍멍한 울음소리 이명처럼 느껴질 때
깊숙이 써둔 사직서 울컥이며 꺼낸다

상리연꽃공원

– 연꽃 피니 문화도 피네*

수천 송이 수련을 올올이 피워 올려
분수 따라 흩어지는 연인들 웃음소리
흥겨운 잔치 한마당 어깨춤 넘실댄다

한때는 뜨거웠을 매미 소리 스쳐 가면
둑길 걸어 지락정**에 시작되는 음악 소리
신명 난 판소리 울려 징검다리도 으쓱댄다

나붓이 등장하는 나비가 된 시인들
시낭송 고운 음률 연담루**도 리듬을 타고
달달한 오후 데이트 수련 때깔 더욱 곱다

* 해마다 수련이 만개하는 7월에 문화 행사가 매주 열린다.
** 연꽃공원에 있는 정자들.

48

홍옥을 먹을 때

너를 한 입 깨물면
괜한 상상 스쳐 간다

선의로 한 거짓말 들통이 났다거나
징하게 짝사랑하는 연인을 만났거나

칼바람 세게 맞고 화로 앞에 앉았다거나
막걸리 심부름 하다 홀짝홀짝 취했다거나

공연히 빨개진 얼굴
새콤한 혀가 달다

모란

겹겹이
소곤대는
옷자락에 숨이 차서

성찰의
깊은 언어
묵시로 답을 쓴다

자줏빛 옥사 저고리
불 댕기는 저 뜨락

숨비소리, 그녀

신음 소리 절절 끓던 고통스런 밤을 지나
테왁에 몸을 던져 물질하는 아낙네
휘어진 저 숨비소리 제주 해녀 요망지다

닻을 내린 하루가 음각으로 비켜서서
거친 포말 부서져도 살찐 봄 담고 담아
짜디짠 등대의 불빛 그녀 등을 훔친다

흔들리는 해초 비켜 미끄덩한 물속을
거꾸로 걸어야만 바르게 사는 거라고
뭉툭한 부리를 쪼아 바다를 캐고 있다

별미

꾹꾹 누른 고봉밥 허기로 배를 채웠지

살강에 얹힌 채반 손가락으로 퍼먹곤

우물가 물 한 바가지 벌컥이며 마시던,

사는 일에 바빠선지 그 밥맛 잊었다가

소문난 보리밥집 강된장 푹푹 넣어

추억을 비빈 보리밥 혓바닥이 허둥댄다

문어를 삶다가

수족관에서 바다를 통째로 건졌다 칼을 든 나를 향해
맨몸으로 투항하며
빨판을 무기로 삼아 우주를 휘감는다

갯내음 살아있는 속엣말의 바다 풍경 다잡은 그 힘줄로
해조음 데려와선
짭짤한 육즙 머금고 식탁으로 오른다

외씨버선길

－조지훈 생가

청초한 주실마을
푸른 맘에 잠긴 생가
문필봉 찰진 젖줄 의연함에 눈부시다
올곧은 뚝심 앞에서 새들도 우짖는다

세심정에 쏟아지는
낮달의 저 몸짓은
청록파 이글거리는 시심으로 타올라
주실 숲 외씨버선길 승무를 펼치는데

저장된 슬픔에는
군내가 스며있다
삭힐 대로 삭힌 장독 결기로 잉태해서
담담한 호은종택 뜰 정갈한 피 다시 돈다

말의 길

수많은 길이 있듯 말에도 길이 있다

헐겁게 던진 불씨 앙금의 싹을 틔워

철심에 맞닿은 말투 가부좌를 틀고 있다

정으로 내려치듯 명치끝 저며올 때

입 속에 돋은 가시 핏빛 날개 돋았지만

무시로 삭인 불덩이 갈 길을 잃고 눕다

진주

널브러진 몸뚱이 가장자리 흥건하다

그 옆을 지키며 참배하는 고라니 가족

애타게 흔들어대도 응답이 없나 보다

생이 꺾인 몸부림도 상춘객은 관심 없이

줄지은 자동차들 내리막길 쏟아지는데

나뭇잎 문상객들만 조촐한 장례 치른다

쑥부쟁이

가을 햇살 마실 나와 향기 뿜는 산자락
짙어가는 속살 채워 활짝 펼친 저 손짓들
소박한 웃음 뿌리며 꽃방석 번져간다

어깨동무 마주하며 그때로 돌아가자
가슴을 펴는 바람 함께여서 더욱 좋은
친구야 이순이면 어때 그 길로 걸어보자

통통한 머릿결에 별빛을 이고 서서
온 산에 주저리 깔린 눈빛 달빛 모아보자
화르르 불꽃처럼 타올라 환한 미소 달달하다

4부

유턴은 없다

전방을 주시하며 직진으로 달려간다

거친 삶의 보폭만큼 가속 페달 밟아가며

캄캄한 터널을 지나
휘어진 길 덜컹인다

끼어드는 자동차에 소스라치듯 놀라다가

두렵고 지칠 적엔 좌회전 돌렸지만

굽은 길
아무리 달려도
유턴 신호는 없었다

앵두꽃 환하다

그곳에 가면 보인다
들린다
설렌다

앵두꽃 등불처럼 환하게 반겨주는
적막이 손을 내미는 영현면 대법리 3번지

여름엔 천렵으로
더위를 잊을 즈음

개울 속의 산 그림자 긴 목을 내밀었고
어스름 저녁놀 따라 물수제비 번져갔다

가풀막 걸을수록
등이 휘는 바람 소리

다 닳은 두레 밥상 숟가락에 맹물 떠도
끈적한 삶의 무지개 보름달로 떠올랐다

다시 찾은 시간

‒ 김광석거리

기억을 덧칠하는 방천시장 골목길

바람을 불러내어 타임머신 찾아왔나

되찾은 통기타 소리 음률이 끓는 오후

벽화에서 울려오는 서른 즈음 음성 따라

꽃등이 손짓하는 설움 쌓인 거리에서

후드득 달아오르는 목젖마저 뜨겁다

경칩

햇살 울컥 쏟아내며 첫 나들이 준비한다

굳은살 박인 나무
부지런한 펌프질에

뜨거운 피돌기 일어
땅속부터 들썩인다

실눈 뜬 소소리바람 맨살에 부딪쳐도

물관 깊이 뿜은 호흡
가지마다 혈을 풀어

도톰히 솟은 뾰두라지
겨드랑이 가렵다

자목련

옛집을 지키고 선 자목련 벙근 봄날
울컥 발 내딛는 내 손목 부여잡고

홍조 띤 옥양목 적삼
바람결에 흐드러진다

살가운 햇살이 고요를 터는 동안
목을 축인 텃새도 꽃 잔치 어우러져

생생한 엄마 목소리
귓불이 붉어진다

충절의 꽃이 피다
– 월이 생각

불꽃처럼 타오르는 승리의 함성으로
굵은 어깨 들썩이는 소소강 나루터
충무공 호령 소리에
당항만이 출렁인다

첩보 왜적 간자와 하룻밤의 정사로
지도에 새긴 뱃길 감쪽같이 사라져
붓으로 울린 승전고
속시개를 살렸다

독뫼산 기녀 월이 님의 생각 빛이 되어
홰를 친 붉은 바람 고성현을 휘감는
한 떨기 우국충절의 꽃
민족의 넋이 되다

꿈을 캐다
-태백 탄광촌

생명줄 당기며 땅속을 비워야 한다 동선 따라 불 밝히
며 막다른 갱도까지 막장 안 모서리에서 새까만 월급을
캔다

탄가루 풀풀 날려도 양은 도시락 성찬이다 진폐증 끌어
안고 팽팽한 레일 당겨 무거운 버팀목 안고 보랏빛 꿈 깁
는다

초롱꽃

그댈 위한 그리움이
얼마나 자랐으면
가지마다 호롱불
켜두는 뜨락에서
주저리
열린 꽃불에
눈이 부신 저녁답

이웃집 건너갈 때
불 밝혀 비춰주며
귀가 늦은 딸자식
마중 가던 그 골목
발길을
떼지 못하고
대문 살짝 열어둔 꽃

산보다 높은 곳에

오솔길에 켜진 외등 짧은 그림자 뱉는다
부산한 곤줄박이 날갯짓 솟구칠 때
분양 중 신축 아파트 바벨탑을 세운다

정수리 타고 내려온 호젓한 바람결에
동백꽃 낭자한 하혈 오금이 저려오자
길 위에 찍던 발자국 산 아래로 쏟아진다

문득 바라본 아파트가 앞산보다 높게 섰다

내 잠드는 베갯머리가 저 산보다 높았다니

산보다 더 높은 곳에 둥지 틀고 살았다니…

버리지 못하는 것

일 년치
할부 찍어
장만한 백과사전

색동옷
입은 채로
책장에 줄 섰는데

세상은
껑충껑충 뛰어가네
부러진 날개
남기고

해돋이

구불텅 접힌 길 따라 어둠을 털고 간다

발등에 힘줄 세워 싸한 공기 밀어낸다

정적을 깨우는 바람

투명하게 품어 안고

산들이 끌어 올린 미명을 딛고 올라

고요한 산허리가 기지개 켜는 순간

뜨거운 살덩이 하나

동공처럼 솟았다

끈

아침에 창을 여니 문밖 풍경 크렁하다
피골이 상접한 길냥이가 누운 자리
일어날 기력도 없이 쾡한 눈빛 저려온다

매일 아침 찾아오는 몰골이 안쓰러워
식은 밥 덜어주며 눈인사도 제법인데
먼저 온 선배들 텃세에 초라한 몰골이라니

등가죽에 붙었던 배 조금씩 올라올 즈음
허억! 조막만 한 새끼 걷는 법 가르치며
그 몸에 제 끈이라고 마른 젖을 먹인다

산달에도 참는 허기 꿈은 놓지 않으리
핏줄의 끈 당겨가며 시린 길 걸어간다
와달비 굵게 내리는 어둠 속의 하모니

오래된 가계부

당신이 좋아하신 봄꽃은 흐드러져
풀빛으로 물든 마당 침묵만 밀려오고
봉긋한 민들레 가족 오밀조밀 정답다

쉬엄쉬엄 가신 길을 되돌아오실 법한데
이리도 오랜 시간 발걸음 하지 못하실까
꽃자리 그 길 따라서 두둥실 다녀가세요

온기 남은 서랍장 누렇게 뜬 공책에
딸 편지 우푯값 십 원 소주 한 병 이백 원
먼지만 수북이 누워 아슴한 기억 줍는다

5부

안개 덫에 갇히다

텁텁한 이 하루를 쾌속으로 질주한다

길바닥에 고인 입자 징징대는 저녁나절

등 뒤로 삼킨 실어증이 칭칭 감아 뭉개는 날

팽창한 물 분자가 산란을 시작하고

거대한 몸집 세워 벼랑처럼 다가서는

내 생을 무단횡단한 안개 덫에 갇히다

갈 길을 놓친 꿈들 생을 향해 일어선다

발끝에 피톨 뿜는 예리한 그 촉수로

더듬이 날을 세우며 등고선을 넘는다

발효 중입니다

투영점 찍고 달아나는 시간을 붙잡아
청아한 쟁반 위에 소담하게 마름질합니다

새도록
두드립니다
구수한 맛을 찾아

밍밍한 입맛 살릴 찬거리 골라 담아
결대로 삭혀서 칼칼하게 담아내도

질 좋고
풍성한 식탁은
해소되지 않습니다

곰삭은 언어들을 조심스레 데려와
온전한 만찬이 될 성찬을 요리합니다

행간에
다져 넣은 문장을
감칠나게 발효 중입니다

맨발 걷기

맨발로 걷는 것은 지친 하루 걷어내기

겹쳐진 마음 열고 속살까지 가 닿기

온전히 숨결 모아서

참진 나를 키우는 것

무거운 몸을 털어 움켜쥔 맘 내려놓기

자분자분 걸어서 홀가분히 날 때까지

순리로 나를 채찍하고

차근차근 다듬는 것

비움에서 시작하여 포근히 젖기까지

구겨진 언어를 다려 반듯하게 펴질 때

비워낸 나를 읽으며

다독다독 채우는 것

부부

한 이불 덮고 자도 원하는 핏은 다르지만
사오십 년 살다 보면 닮아가는 룰이 있다

눈빛만 던져도 아는
둘만의 셈법이지

짭짤한 고등어는 고소해서 감칠맛 나고
삼삼한 굴비는 부드러워 입에 붙는

서로가 참아내는 일
둘이서 맞춰가는 길

서로 잘 알면서도 야멸차게 헤집는 사랑
간간이 사랑의 온도가 머뭇거릴 때

반걸음 늦추고 가면
살풋한 달이 뜬다

연못의 등을 보다

－소낙비

거뭇하던 물 분자 무더기 난입 중이다

시야를 덮은 빗금 포말로 일어선다

상처가 덧난 것일까

어리연잎 웅성거린다

덫에 갇힌 입자들 우르르 뛰어내려

가슴속 엉킨 멍울 왈칵 쏟아낸다

무수한 물꽃 피우고

돌아서는 새침데기

출구를 찾다

무형의 두려움이 들이대는 공포 속에
세상 물정 알면서도 흐드러진 봄꽃들이

봉쇄된
거리, 거리마다
홀쭉한 몸 던진다

마스크를 쓴 채로 도시에 갇힌 봄은
통째로 충혈되는 칩거를 서두르고

무거운
혼돈의 나날
아우성만 분분하다

시치미 뚝 떼고 민낯을 드러낸 돌기
머잖아 납작해질 그 촉수 걷어내면

우한에
휘청이던 방패
접점을 찍을 거다

구슬붕이꽃

오목한 터를 잡아
한껏 몸을 낮추고
함초롬한 눈빛 담아
소복하게 앉은 가족

투명한 발자국 남긴 너의 주소 간직할게

다정한 이웃 불러
인연을 맺어가며
햇살을 끌어안고
소중한 꿈 키웠구나

도톰한 보랏빛 입술 너의 이름 기억할게

자작나무 숲

곧은길만 걸으라고 가르치신 아버지

무성한 그 말씀을 온몸 가득 부려놓고

수직을 향해서 간다 직립의 보폭으로

어디든 느루 걸어도 목표를 정하란 말씀

한나절에 반 뼘씩 꼭짓점을 향해서

오르막 너끈하게 간다 빈 공간 채우면서

말의 건축론

수박씨 훅 뱉듯이
아무 데나 던진 말이

어설픈 싹을 틔워
삐딱하게 자라더니

뼈대도 다 못 채우고 가지만 무성하다

뒤엉킨 말과 말은
허방으로 내몰리다

거짓만 난무한 채
옹이로 박혀있고

구겨진 말의 모서리 껍데기만 헤집는다

과식으로 살찌워

저절로 크는 말 덩이

골다공증 수치 높아
삽시간에 무너진다

몸집이 거구면 뭐 해 진실만이 환한 세상

입춘

황량하던 들판이 뽀얗게 눈부시다
새들도 날개 접어 둥지에 부리 묻고
이마를 맞대어 가며 닫힌 꿈을 찾는다

춥다고 웅크리는 한파에도 된서리는
따사로운 솜이불 끌어당겨 주듯이
맨발인 그루터기 발목을 조용히 덮어준다

서로를 다독이는 시간은 아름다운 것
황혼의 모퉁이를 차곡차곡 채워가며
연둣빛 기지개 켜고 서로 묻는 겨울 안부

기도하듯 땅속에 몸을 누인 미꾸라지
벼 포기 아래 납작 엎드린 개구리도
질척한 침묵 털어내고 일어설 채비 서두른다

사려니숲길

초입의 순간부터 산수국 향에 취해

통통 튀는 웃음 따라 전율이 흐르는 길

융융한 사려니숲길 무장무장 걷는다

손 털며 동행하는 신록에 버무린 일상

소담하게 비우면서 이순을 돌아 나와

숨 고른 물찻오름에서 다시 나를 만난다

볕뉘에 물든 길이 종아리를 땡겨도

신발 끈 바짝 조여 무릎을 세운 하루

행간에 깊숙이 박힌 바람의 무늬 읽는다

낙동강

황지에서 걸어 나온 천삼백 리 길 시작됐다

물 위에 길을 내는 사람들이 함께 모여

굽이쳐 드넓은 우주를 보듬어주는 것이다

순결하고 유유하게 경건한 머리 숙여

녹조로 뒤덮여도 푸른 희망 잊지 말고

숭고한 어머니 품을 찾아가는 것이다

떠나자, 휘감는 물결 부딪치는 세상에서

뒤틀리는 물길도 여유롭게 주름잡아

더 빠른 자맥질 하며 긴 팔을 휘저어 가자

멧비둘기, 흰물떼새 간간이 친구 하며

방향의 꼬리표 달고 곡류를 비행하자

더 환한 등불을 켠다, 바다가 저 앞이다

시적 공간의 확장과 삶의 상승
– 백순금 시인과 맨발 걷기의 시학

박진임 문학평론가·평택대학교 교수

1. 거북이 트랑퀼라

백순금 시인은 우리 삶의 다양한 장면들을 카메라로 사진을 찍는 것처럼 포착해 낸다. 단정하고도 섬세한 언어로 되살린다. 그 삶의 모습들은 진솔하고 담백하며 때론 보잘것없어 보이기도 하고 더러 남루하기까지 하다. 우리는 어떤 대상이나 사건을 두고 시적이라고 표현할 때가 있다. 그때 시적이라는 것의 의미는 현실적이라거나 사실적이라는 것의 대척점에 놓인다. 시적이라는 것은 현실에서는 찾기 어려운 정교하고 아름답고 미묘한 것을 이르는 말로 쓰이곤 한다. 시적이라는 말이

의미하는 바가 그러하다면 백순금 시인의 텍스트는 일견 비시적으로 보이기도 한다. 백순금 시인은 그만 외면하고 싶으리만큼 초라해진 삶과 그 삶이 기대고 있는 인간 육체의 퇴락한 곳들에 현미경을 들이댄다. 그러고는 이미 쇠퇴한 것, 혹은 곧 멸실될 것들을 눈앞에 둔 채 새로운 생의 찬가를 부른다. 참으로 대단한 일이다.

미하엘 엔데의 『끈기짱 거북이 트랑퀼라』를 생각나게 한다. 한번 길을 떠난 후에는 멈추지 않는 것, 거북이처럼 느리더라도 꾸준히 정한 길을 완주해 내는 것의 소중함을 일깨운다. 그런 한결같음이 경건한 삶의 덕목임을 보여준다. 거북이 트랑퀼라는 임금님의 혼인 잔치에 참가하기 위해서 길을 나선다. 주위에서 단념하기를 권할 때에도 그는 아랑곳하지 않는다. 처음 길 떠날 때 지녔던 꿈에 한 걸음 더 다가가고자 가던 발길을 멈추지 않는다.

트랑퀼라처럼 백순금 시인도 여러 가지 유혹이나 도전에 굴하지 않고 고개를 넘으며 앞으로 나아간다. 닳아지는 육체를 탓하지 않는다. 결핍을 메우고 땜질하고 더러는 다른 무엇인가로 대체하며 가야 할 길을 꾸준히 걸어가는 모습을 보여준다. 세월과 함께 삭고 낡아진 육체는 오히려 오래 신어 편안한 구두처럼 느껴진다고 이르는 듯하다. 그 낡은 구두는 나그네의 익숙하고 살가운 동반자가 되어 시인의 길을 함께 간다. 충분히 걸었다. 그러니 이제 그만 세월에 순응하고 쇠락을 받아들이자……. 사위어가는 생명을 향하여 숱한 이웃들은 그처럼 속삭인다. 백순금 시인은 그 유혹들을 물리치며 한 걸음 한 걸음 발길을 옮긴다. 『천로역정』의 주인공 같기도 하다. 처음 마음 두었던 곳, 한생을 두고 기어이 한 번 닿고자 했던 곳을 향해 끈질기게 앞으로 나아간다. 삶이란 마지막 순간까지 경건한 자세로 받들어야 하는 것이라고 독자에게 이른다.

우리 삶의 낡고 비루해진 장면들을 백순금 시인은 생생하게 그려낸다. 결코 외면하지 않는다. 상처 나고 고름 든 살을 파헤치며 새살 돋을 자리를 찾는다. 아직 싱싱하게 남아있는 생명의 기운을 간직하며 막 시들어버린 것들을 다듬어낸다. 시인의 언어는 그리하여 육체의 가장 아픈 곳을 재현하는 데에 바쳐지기도 하고 삶의 가장 경건한 순간을 함께 아우르는 데 동원되기도 한다.

세월이 흐르노라면 육체는 그 흐름 속에서 닳아간다. 살결의 윤기가 가시고 마침내 하나둘씩 치아도 잃게 마련이다. 처음 세상에 날 때 지녔던 이를 잃으면 새로운 이를 심어야 한다. 그 장면에서 시인은 꽃 심는 날을 생각한다. 입 안에 꽃을 심듯 새 이를 심는다고 표현한다. 잇몸은 꽃이 뿌리 내릴 땅이 되고 새로 심은 이는 피어나는 꽃이 된다. 생명의 불씨가 꺼지지 않고 계속 지펴지게 만드는 한 떨기 꽃송이가 된다. 어쩔 수 없이 노

화의 증거들을 대면하는 그런 때 많은 시인들은 흔히 서글픔의
정서를 표현하곤 했다. 젊고 건강했던 날을 그리며 "어즈버, 꿈
이런가" 하고 한탄하던 것이 우리 옛 시의 전통이었다. 그러나
그런 순간에 백순금 시인은 봄날 꽃모종하는 마음을 떠올린다.
생명이 남아있는 모든 것에 희망의 숨을 불어넣는다.

어물쩍 방치하여 저당 잡힌 입 속을
곡괭이로 파헤치고 망치질 서슴없다
"오늘은 뿌리 박습니다"
꽃 세 송이 심는다

헐거운 땅 골라서 탱탱하게 조인 나사
실한 뿌리 자라도록 간격을 배치하며
시든 꽃 뿌리를 뽑고
야무진 치아 심었다

어렵사리 산을 넘어 돌아온 비탈길에
쇳소리 가득 담은 비대칭 실루엣
정방향 무게중심이
한쪽으로 기운다
          ―「입 안에 꽃을 심다」 전문

시든 꽃 뿌리를 뽑고 그 자리 새롭고 야무지게 자라날 실한 뿌리를 심을 때 입 안은 한 평 꽃밭으로 변한다. 한 사람의 생명을 지켜줄 새로운 이가 잇몸에 꽃 뿌리처럼 박힌다. 그 꽃밭에서 치과 의사의 작업은 곡괭이질과 망치질이 되고 야무진 치아 하나 심는 일은 탱탱하게 나사를 조이는 일이 된다. 다시 한세상 거뜬히 살아볼 만한 자신감과 용기도 함께 뿌리내리고 자리 잡을 것이다. 그러나 그런 기대와 희망에도 불구하고 입 안의 꽃이란 한동안은 부자연스럽겠다. 입 안에 가꾼 꽃밭에 심은 꽃이 제대로 자리 잡아 환하게 피어날 때까지는 불편하고 어색하겠다. 시인은 그리하여 끝내 한숨 쉬듯 마무리에 이른다. "정방향 무게중심이/ 한쪽으로 기운다"고 토로한다. 낯설고 이질적인 새 육체의 일부가 다시 세월과 함께 살 속에 녹아들 때까지는 계속 그러하리라.

천상천하유아독존天上天下唯我獨尊의 삶이라 했다. 삶을 지탱해 주는 몸 또한 그처럼 유일하다. 끊임없이 낡아지고 닳아지는 몸을 다독이고 부축하며 나아가기를 계속하는 것, 스스로 멈출 때까지는 멈추지 않고 계속 나아가는 것, 그것이 우리가 가야 할 삶의 길이리라. 때론 새 꽃 두세 송이 오래된 영토에 심듯 몸의 낡은 부분들을 손질하며 계속 길을 가야 하는 것이리라. 그러노라면 우리 걷는 길이 한결 수월해질 것이기에. 오늘도 누군가는 나사를 조이며 다시 꽃 몇 송이를 심고 있으리라.

　문득 변하고 달라져서 낯설게 느껴지는 몸에 대한 감각을 그
리는 또 하나의 텍스트로「안구건조증」을 들 수 있다.

　　초점이 흐릿한 눈 진료 마친 의사가

　　직업을 버리라고
　　오랏줄 던지시네

　　아 잠시 휘청거린다
　　우지끈 무너진다

　　점선들로 메꾸어온 순간들이 먹먹하다

　　나이테 선명하게
　　반복되는 굴레지만

　　삼십 년 익어가는데
　　가붓이 넘길 일인가
　　 -「안구건조증 - 미용일기 6」전문

「안구건조증」에서 백순금 시인은 물기 말라서 긴조히고 시린 눈을 사실적으로 그려낸다. 건조해진 눈도 수명을 다한 이도 세월의 흐름과 함께 시적 화자를 찾아온 반갑지 않은 손님들이다. 시인은 그런 손님들을 정중하게 맞아들이는 자세를 보여준다. 피하거나 외면하지 말고 수용하며 마지막 순간까지 삶을 알뜰히 가꾸어가자고 이르는 듯하다.

그러나 마침내 가야 할 길을 다 간 후에는 멈추어야 할 순간이 올 것이다. 주어진 한 생을 다 살아낸 다음 맞게 될 그 순간을 시인은 태엽이 다 풀리는 시간이라 부른다. 탄탄하게 감았던 시계태엽은 조금씩 풀리며 째깍째깍 소리를 낸다. 시계의 시간이 흘러가듯 우리 삶의 태엽도 그렇게 풀려가고 있을 것이다. 육 남매를 낳고 기르며 살아왔던 한 생명이 멈추는 순간을 시인은 또한 그려낸다. 「몸을 허물다」를 보자.

몸집 큰 사랑채를 수술대에 눕혔습니다
황토벽 어룽진 낙서 핏기 없는 주춧돌
살강 위 앉았던 먼지
파랑을 일으킵니다

서까래 잘라내고 환부까지 도려내어
기억의 길이보다 긴 울음 삼켜가며

육 남매 묻었던 기억

허물을 벗습니다

가슴을 서슴없이 내어주신 유산은

튼 살갗 지워가며 쇠골을 드러낸 채

단숨에 곤두박질쳐

육중한 몸 감춥니다

바스러진 몸통을 저분저분 뿌리며

소박한 꿈도 접고 저문 생을 지웁니다

오십 년 묵은 태엽이

멈추는 순간입니다

　―「몸을 허물다」 전문

　시인은 한 생명이 소진하는 때를 "오십 년 묵은 태엽이/ 멈추
는 순간"이라고 명명한다. 삶을 지탱해 오던 몸은 "몸집 큰 사
랑채"의 형상으로 텍스트에 드러나 있다. 황토벽과 주춧돌과
살강의 이미지가 등장해 몸집만 덩그러니 큰 사랑채를 보완해
주는 소품의 역할을 맡는다. "어룽진 낙서"와 "핏기 없는 주춧
돌", 그리고 "살강 위 앉았던 먼지" 등의 묘사가 그 몸이 통과해
온 세월의 흔적을 보여준다. "서까래 잘라내고 환부까지 도려

내어"에 이르면 병들고 허물어져 가는 몸에 대한 묘사를 발견할 수 있다. 첫 연에서 "몸집 큰 사랑채"로 등장한 몸이기에 서까래를 잘라낸다는 표현은 사랑채의 이미지와 적절히 맞물린다. 병든 육체 위에 행해진 수술의 은유로서 매우 적합하다.

마침내 가야 할 길을 다 간 다음 한 생이 매듭을 지어야 하는 시간, 크고 작은 움직임들은 모두 멈추게 될 것이다. 그 삶의 주인공이 사랑채 같은 인물이었든 안채 혹은 행랑채 같은 존재였든 정지의 시간은 동일한 비중과 속도로 그들에게 찾아올 것이다. 시인은 삶의 정지점을 "태엽이/ 멈추는 순간"이라고 불렀다. 오래도록 한결같이 조금씩 움직이며 서서히 풀려가던 태엽이 정지하는 순간, 그의 꿈도 삶과 함께 멈추게 될 것이다. 그래서 시인은 노래한다. "소박한 꿈도 접고 저문 생을 지웁니다"라고.

텍스트 전편을 통하여 시인은 육체가 서서히 소멸을 향해가고 있음을 보여준다. "사랑채"에서 시작하여 "서까래", "바스러진 몸통"으로 이미지는 거듭 변모한다. 삶이 정지하는 시점을 향한 느리고도 슬픈 여정이 그 변화와 더불어 전개된다. 언젠가는 결국 접게 될 것을 접으며 세월과 함께 저문 생을 마침내 지우는 그 순간, 우리는 모두 문득 숙연해질 것이다. 고개를 떨군 채 우리가 지금 여기 살아있다는 것의 의미를 되새겨 보게될 것이다. 그리고 삶과 죽음은 따로 떨어져 존재하는 것이 아니라 함께 맞물려 있는 것임을 다시금 깨닫게 될 것이다. 생사일여生死一如요 우주일화宇宙一花라 했다. 죽음에서 삶이 나오고 삶은 다시 죽음을 향해 나아가는 것이다.

그러나 여위고 삭아가는 것이 인간 육체뿐이겠는가? 우리 몸이 낡아가는 것처럼 혹은 그보다 더 빠르게 우리를 둘러싼 물상들도 세월의 풍화작용 속에서 함께 낡아간다. 삶의 긴 여로를 함께해 준 낡은 승용차를 떠나보내며 부르는 탄식의 노래,「굿바이 내 사랑」을 보자.

이다지 오래도록 함께할 줄 몰랐지
눈비 내려도 신발 되어 전천후로 달렸고
뒷목이 뻐근할 때면 부항도 마다 않던

방지턱 넘어설 때 허리 휘는 통증도
가래 끓는 쉰 목소리 긴급 처방 달래가며
오르막 그렁거리면 밑불 되어 당겼지

빼곡히 적힌 이력서 열여섯 해 훈장 들고
덤으로 얹어주는 마지막 드라이브
땅거미 깔린 도로를 절룩이며 달린다
　　－「굿바이 내 사랑」 전문

시인은 열여섯 해 동안 운전해 온 낡은 승용차를 마주한 채 그 승용차와 함께 달려온 날들을 회상한다. 그동안의 숱한 추억을 이력서의 은유를 도입하여 기록한다. "빼곡히 적힌 이력서"라는 이름으로 그 사연을 명명한다. 사람들 사이의 인연, 그 길고 짧음은 아무도 미리 알 길이 없다. 인연이 다하는 날에 이르러서야 그 길이와 깊이를 가늠할 수 있다. 길고도 고운 인연이었다고 혹은 기억하고 싶지 않은 인연이었다고 마지막 순간이 다가와야 비로소 알게 되는 것이다. "이다지 오래도록 함께 할 줄 몰랐지" 하고 시인은 노래한다. 벗이었다면 잘 익은 포도주처럼 좋은 추억의 벗으로 기억될 만하다. 자신의 인생 여정을 동반해 준 승용차에게 시인은 훈장의 이미지를 덧입힌다. 지나간 세월 속의 사연 많은 기록들, 이력서라는 은유에 더하여 훈장의 은유가 지니는 광채가 참으로 보배롭다. 낡고 오래된 것을 기리는 마음도 더불어 빛난다.

이제 "마지막 드라이브"의 순간이 남았다. 열여섯 해 전 시운전하며 달리던 길만이 꽃길이겠는가? 덤으로 받은 마지막 드라이브의 길 또한 또 하나의 꽃길일 터이다. 오랜 세월을 거친 다음에야 비로소 더욱 값진 골동품이 되듯이 세월의 더께를 지닌 채 낡아버린 승용차 앞에서 시인이 지닌 추억의 시간 또한 빛날 것이다. 이젠 용도를 다하고 수명이 끝난 승용차의 마지막 드라이브 장면이 펼쳐진다. 차는 "절룩이며 달린다". 그 절룩임의 은유가 참으로 적절하다. 이제 더 이상은 부드럽게 순하게 달릴 길이 없어진 승용차이다. 그래도 마지막 드라이브를 위해 안간힘을 쓰고 달린다. 절룩이며 달려서 열여섯 해의 세월이 거기 실린다. 시적 화자도 그의 승용차도 이제 더는 젊고 건강하고 활기차지 못하다. 오랜 세월 동안 승용차는 "눈비 내려도 신발 되어 전천후로 달렸"다. "뒷목이 뻐근할 때면 부항도 마다 않"았다. "방지턱 넘어설 때 허리 휘는 통증도" 그들은 함께 나누었다. "가래 끓는 쉰 목소리"를 내기도 하던 승용차이고 오르막을 오를 때면 그렁거리면서 겨우 올랐던 자동차였다.

오래된 승용차의 마지막 드라이브를 위한 시간이 하루 중 해질 녘으로 드러나는 것은 그러므로 자연스럽고도 적절해 보인다. "땅거미 깔린 도로를" 달림으로써, 그것도 "절룩이며 달"림으로써 "덤으로" 주어진 마지막 드라이브의 이미지는 완성된다. 삶이 죽음과 연결된 것이듯, 그러므로 우리는 자연스럽고도 담담하게 그 사실을 받아들여야 하듯 우리가 주변의 것들과 맺은 관계 또한 그러할 것이다. 이제 맡은 역할을 다하고 "땅거미 깔린 도로를" 힘겹게 승용차는 달려간다. 어둠 속으로 소멸하는 순간이 눈앞에 떠오른다. 그 마지막을 눈물 글썽이며 지켜볼 시적 화자의 모습이 겹쳐서 떠오른다. 땅거미 내린 길에 이윽고 어둠이 깔릴 때 열여섯 해에 걸친 서사는 매듭을 짓게 될 것이다.

　백순금 시인이 기억을 간직하는 방식은 그렇듯 사람살이에 대한 예리한 관찰에서 출발하여 주변의 사물들에게로 확장된다. 그리고 다시 사람과 사람 사이의 인연의 문제로 환원되기도 한다. 「봄꽃으로 이울다」는 벗을 잃은 사연을 풀어낸 텍스트이다.

　　참나무 등걸 같은 우람한 체격에도
　　성큼 걷던 돌무더기 넘지 못할 무게였나
　　헛발을 디딘 꽃줄기 통째로 부러졌다

　　소탈한 웃음조차 바람이 걷어 가지만
　　넘기는 페이지마다 꽃길로 다가와서
　　부재중 뜨는 전화번호 지우질 못한다

　　수축한 마음 접어 다독이듯 내려놓고

　　땅속에 떨군 이름 시나브로 지워지길

　　그림자 태우고 가는 그 꽃길로 배웅한다
　　　－「봄꽃으로 이울다」 전문

시인이면서 시적 화자의 글벗인 소중한 한 존재에 대한 추억을 꽃길의 이미지를 중심으로 형상화한 텍스트이다. 시적 화자가 소환하는 대상은 "참나무 등걸 같은 우람한 체격"의 소유자로 묘사된다. 건강한 육체를 지녔기에 죽음의 세력 앞에서도 당당했을 인물을 그려볼 수 있다. 그럼에도 불구하고 죽음 앞에서는 모두가 무력한 존재이다. 헛발 하나로 인하여 꽃줄기 통째로 부러지듯 그는 그림자 되어 돌아오지 못할 길로 떠나간다. 전화번호는 이 땅에 둔 채 홀로 다 버리고 떠난다. 시적 화자가 그리움으로 그를 호출할 때 부재중이라는 신호가 나타나서 그의 부재를 확인해 줄 뿐이다.

그러나 그가 가는 길은 꽃길이어서 꽃줄기 부러져도 여전히 꽃 사이로 그는 떠날 것이다. 그림자 되어 시야에서 소멸해 갈 것이다. 문학의 동반자를 배웅하는 쓸쓸함은 그림자라는 어휘가 담보하고 그에 대한 고운 기억은 꽃길이라는 시어가 간직한다. 이울어야 할 때가 되면 이울어야 하고 떨어질 때가 되면 떨어져야 하고 떠나야 할 때가 되면 떠나야 한다. 그것이 자연과 삶의 순리이다. 아일랜드 시인 이반 볼랜드Eavan Boland의 시 「꽃송이The Blossom」의 한 구절이 생각난다.

Imagine if I stayed here,

even for the sake of your love,

what would happen to the summer?

To the fruit?

생각해 보세요 만약 내가

어머니의 사랑 때문에 여기 머무른다면

여름은 어떻게 하지요?

그리고 열매는요?

이제는 다 자란 딸을 품에서 떠나보낼 준비를 하는 어머니가 시적 화자로 등장하는 텍스트의 한 구절이다. 시적 화자는 아침 일찍 정원에 나와 만개한 사과꽃을 바라보며 그 사과꽃에서 딸의 모습을 발견한다. 딸이 탄생하던 순간을 회상하며 아쉬움을 감당하지 못하는 어머니의 심경이 시편에 먼저 전개된다. 그런 어머니에게 딸은 속삭인다. 봄이 가면 여름이 오고 사과꽃이 떨어진 자리에서 사과 열매가 열리는 것이 자연의 이치라는 것을 일깨운다. 떠나야 할 딸과 져야 할 꽃이 떠나지 못하고 지지 못한다면 계절은 바뀌지 못하고 여름은 찾아올 수 없다. 꽃이 지지 않아 봄이 떠나지 못하면 여름은 봄을 이어 찾아올 수 없고 사과 열매 또한 열릴 수 없다.

이반 볼랜드의 시편에 호응하듯 백순금 시인도 벗을 떠나보

내는 노래를 부른다. 제 철을 다한 꽃이든 주어진 삶을 다한 생명이든, 이울 때가 되면 이울 것은 이울어야 한다고 이른다. 그 섭리를 받아들이며 시인이 부르는 작별의 노래가 낭랑하게 울린다.

2. 딸과 어머니의 합창

「창포꽃 지다」에 이르면 시인은 자신이 기억하는 어머니의 삶의 장면들을 세밀화로 그려낸다. 낱낱의 그림들은 섧고도 외로우며 동시에 끈질기고 강렬한 여성의 모습을 보여준다. 그 장면들은 단지 시적 화자의 어머니의 삶에만 한정되지 않는다. 어머니가 살았던 시대, 그 세대 여성들의 삶 전체를 아우른다. 열두 폭 병풍처럼 펼쳐지는 굽이굽이 맺힌 사연들을 보자.

오달진 매무새로 집안일을 다잡아

오뉴월 땡볕에도 손끝 야문 어머니는

새까만 쪽머리 얹어 여념 없는 다듬이질

방망이질 내려질 때 내 설움도 후려친다

새파란 날을 세워 흘림체로 잦아드는

무수한 강을 건너서 깊어지는 설움들

몸을 푼 산달에는 미역국이 징하던

달빛조차 푸석하게 기울어간 쪽방에서

목 놓아 울지도 못한 청잦빛 통곡 한마당
　－「창포꽃 지다」전문

　창포꽃의 이미지는 강렬하고도 통합적인 힘으로 텍스트를 묶고 있다. 텍스트 전체에 봄날, 그것도 여인들이 냇가에 몰려나와 창포에 머리 감는 단옷날의 이미지가 배어있다. 봄이며 단오며 창포며 "새까만 쪽머리"는 모두 젊고 건강하고 아름다운 여인으로서의 어머니를 드러내는 장치이다. 한 여인의 삶에서 가장 싱싱하고도 아름다운 시절이 바탕 색깔처럼 텍스트에 깔려있다. 그러나 그런 배경 위에 전개되는 삶의 색채는 바탕 빛과는 대조적이다. 다듬이질과 방망이질이 야문 손끝과 짝을 이루어 손에서 일을 놓은 적이 없는 어머니를 그려낸다. 집안 일도 어머니의 몫이요 출산과 육아도 오로지 어머니의 몫이었던 시절, 혼자 다스려가야만 했던 삶의 도전들이 다양한 은유를 통해 드러난다. "몸을 푼 산달에는 미역국이 징하"더라고 시인은 어머니의 말을 받아쓴다. "달빛조차 푸석하게 기울어간 쪽방"을 그려내며 어머니가 혼자 끌어안고 삭혔을 외로움과 설움을 대변한다.

사적 공간에 갇힌 여성들에게는 자신에게 주어진 아픔과 슬픔을 달리 위로받고 치유할 길이 없었다. 그들이 자기 몫의 고통과 설움에 맞서는 데에는 아마도 집안일만이 도움이 되었을 것이다. 일이란 참으로 쓸모가 많다. 일은 단지 재화와 용역의 생산에만 기여하는 것이 아니다. 삶의 고통을 망각하게 하는 구실도 한다. 일에 몰두하는 것보다 더 좋은 삶의 위로가 있을까? "방망이질 내려질 때 내 설움도 후려친다"고 시인은 노래한다. 신경숙 소설가의 『엄마를 부탁해』에는 분노를 다스리느라 부엌의 접시들을 집어 던져 깨는 어머니의 모습이 등장한다. 심리학자들이 히스테리아hysteria라고 명명할 만한 장면이다. 설움을 후려치기 위하여 방망이를 힘차게 두들기고 있을 여인의 모습 또한 접시를 깨면서 분노와 맞서는 모습의 변주로 보인다. 그리하여 신경숙 소설가와 백순금 시인이 그려낸 어머니의 모습은 역사 서술에서 배제되어 온 여성의 삶을 복원하는 데 기여한다. 남성들이 흔히 간과해 온 모티프들을 그처럼 발굴하여 채록하고 있다. 백순금 시인은 시적 텍스트를 통하여 여성들이 분노와 슬픔을 다스려온 방식을 역사에 재기입하고 있는 것이다. 그래도 다하지 못한 한과 설움의 노래는 남아 텍스트 말미에 여운처럼 실려있다. "목 놓아 울지도 못한 청잣빛 통곡 한마당"이라고 시인은 쓴다. 소리 없는 통곡이 후속 텍스트에서 다시 터져 나올 것을 예감하게 한다.

그런 인고의 삶은 「가뭄을 읽다」에서도 다시 드러난다. 「가뭄을 읽다」는 혹독한 가뭄 속에서도 좌절하지 않는 생명의 찬가로 읽을 수 있다. 그리고 그 강인한 생명력은 다시금 어머니의 이미지와 연결됨으로써 의미가 더욱 깊어진다.

작살처럼 퍼붓는 따가운 땡볕 줄기
지상에 쏟아지는 검붉은 시간, 맵다

거북 등 생살 찢기듯
뭉개지는 농심들

고온에 덴 밭고랑 가쁜 숨 내뱉다가
뒤틀린 목마름에 중심이 휘청일 때

뒤꿈치 휘감는 열기

발자국이 꼬인다

오그라든 잎새들 굽은 어깨 다독여

무딘 호흡 두려워도 버석거린 몸 일으켜

알토란 주먹 쥐고서

뿌리 깊게 내린다

　-「가뭄을 읽다」 전문

「숨비소리, 그녀」 또한 제주 여성의 삶을 그림으로써 여성들
의 강인함과 생명력을 다시 찬양하는 텍스트이다.

신음 소리 절절 끓던 고통스런 밤을 지나

테왁에 몸을 던져 물질하는 아낙네

휘어진 저 숨비소리 제주 해녀 요망지다

닻을 내린 하루가 음각으로 비켜서서

거친 포말 부서져도 살찐 봄 담고 담아

짜디짠 등대의 불빛 그녀 등을 훔친다

혼들리는 해초 비켜 미끄덩한 물속을
거꾸로 걸어야만 바르게 사는 거라고
뭉툭한 부리를 쪼아 바다를 캐고 있다
─「숨비소리, 그녀」전문

바닷속으로 몸을 던지며 수직으로 하강하는 해녀의 삶을 그
리며 "거꾸로 걸어야만 바르게 사는 거"라고 이른다. 삶의 여러
장면에서 아이러니를 통해 드러나는 작은 진실들을 백순금 시
인은 예민하게 포착한다. 모래알 속에 묻힌 사금을 캐듯 집어
낸다.

시인은 자신을 포함한 동시대 여성의 삶을 그려내기도 한다.
어머니 세대의 삶에 이어 현대 여성의 삶 또한 마찬가지로 고
통스럽고 서럽다는 것을 보여준다. 새로운 형태의 도전 앞에서
말 못 할 설움은 오히려 깊어진다고 이른다. 「오늘도 사직서를
쓴다」는 육아와 직장 일을 병행해야 하는 워킹맘의 당혹감과
안타까움을 그려낸 텍스트이다.

아동병원 입원실에 애기 울음 쟁쟁거린다
"엄마 나랑 놀아, 가지 마 가지 마"
손등에 주사를 달고 거머쥔다 옷자락을

항생제 과다 투여로 고열에 시달리는
세 살배기 가는 팔에 링거액 떨어지면
양손에 조여진 나사 느슨하게 풀어진다

바이어 접할 업무 동료에게 넘기지 못해
울먹이며 수소문한 돌보미 손에 맡기며
묵직한 발걸음 뗀다 생생한 거짓말로

커리어 우먼 자처하며 앙버티며 달려왔지만
멍멍한 울음소리 이명처럼 느껴질 때
깊숙이 써둔 사직서 울컥이며 꺼낸다
  ―「오늘도 사직서를 쓴다」 전문

　　어머니의 삶에서는 다듬이질, 방망이질, 미역국이 주된 모
티프가 되어 그 신산함을 드러내었다면 "바이어", "돌보미", "커
리어 우먼"은 현대 여성이 짊어진 삶의 무게를 드러내는 낱말
들이다. 곱고 서정적인 시어가 결코 아니다. 삶의 현장에서 날
것으로 캐 온 것이기에 거친 현실을 있는 그대로 보여준다. 시
적 화자는 매일 사직서를 쓰고 업무용 책상 깊숙이 넣어둔다.
그러나 그 사직서를 제출하기는 참으로 어렵다는 것을 독자들
은 미리 안다. "울음소리"를 "이명처럼" 달고 살면서도 누구도

어쩌지 못한다는 것을 잘 알고 있다. 어머니의 후려친 방망이질, 그 등가물은 텍스트에 등장하지 않는다. "울컥이며"라는 시어를 통하여 내리치고 후려칠 연장 하나도 없어 안으로 울음을 삼키고 있는 시적 화자의 모습을 볼 수 있다. 그렇듯 생생한 우리 삶의 한 장면을 백순금 시인은 속속들이 파고들어 캐어내며 언어를 통해 다시 그려내고 있는 것이다.

「국수 삶는 날」에 이르면 일상의 가사노동을 통해 삶의 지혜를 찾고 인내와 성숙의 시간을 발견하는 여성의 모습을 찾아볼 수 있다.

국수를 삶아놓고 양파를 다듬다가

막막했던 지난날이
움찔움찔 튀어나와

맵고도 알싸했던 둔덕
수증기로 날린다

마음이 칙칙하고 무거울 땐 양파를 깐다

한 겹 두 겹 벗기면서

눈물 콧물 쏙 빼는 거

시간의 물레방아 돌리면
불어터진 면발이 있다

칼칼한 시집살이 둠벙 하나 파는 건

나를 깊이 가뒀다가
몽땅 삭혀 꺼내는 일

퍼 올린 두레박 너머
단내 물씬 배어난다
  -「국수 삶는 날」전문

  국수를 삶는 과정이 모두 삶을 살아가는 과정과 평행을 이루
고 있음을 볼 수 있다. 양파 껍질 벗길 때의 눈물도, "불어터진
면발"도, 혹은 "몽땅 삭혀 꺼내는" 것도 모두 "국수 삶는" 일이
면서 동시에 삶의 경험들이기도 하다. 국수 삶는 일이 삶의 등
가물을 이루고 그 삶의 등가물은 또 문학 텍스트로 드러난다.
그렇다면 국수 삶는 일은 결국 시 쓰는 일에 다름 아닐 것이다.
음식의 레시피를 통해 시 쓰기의 과정을 노래하는 텍스트「레

시피」를 상기해 보면 백순금 시인에게는 삶과 시가 결코 분리되지 않는 동체임을 다시 확인할 수 있다.

고통스럽고 슬프지만 중단할 수 없는 것, 삶이란 그런 것이다. 결코 되돌아갈 수도 없는 일방통행로를 가는 것이 인생이다. 시인은 "유턴은 없다"고 단언한다.

전방을 주시하며 직진으로 달려간다

거친 삶의 보폭만큼 가속 페달 밟아가며

캄캄한 터널을 지나
휘어진 길 덜컹인다

끼어드는 자동차에 소스라치듯 놀라다가

두렵고 지칠 적엔 좌회전 돌렸지만

굽은 길
아무리 달려도
유턴 신호는 없었다
  ─「유턴은 없다」 전문

"전방", "직진", "가속"……. 삶의 결기를 드러내기 위해 시인이 차용한 자동차 운전의 언어들이다. "캄캄한 터널", "휘어진 길", "끼어드는 자동차"……. 다양한 형태로 출현하는, 그러나 결코 동일하게 드러나는 적이 없는 삶의 장애물들을 시인은 그처럼 그려낸다. 중단할 수도 되돌릴 수도 없는 인생길은 유턴의 이미지에 집약되어 나타난다. 유턴의 불가능성, 그 주제는 백순금 시인이 텍스트 여러 곳에서 보여준 거북이 트랑퀼라의 이미지를 다시 확인하게 만든다. 누가 뭐라 해도 묵묵히 자신의 꿈을 찾아 한 발 한 발 앞으로 나아가는 자세, 그 한결같음이란 가장 경건하게 삶을 받드는 방식이 아니겠는가?

3. 맨발로 걷는 길

한결같이 걸을 것, 앞만 보고 걸을 것, 낡아지면 고쳐가며 걷기를 계속할 것, 그러다가 마침내 시계태엽이 다 풀리듯 마감의 시간이 다가오면 순순히 그 순간을 받아들일 것, 꽃길 속에서 익숙한 것들과 헤어질 것……. 백순금 시인이 보여준 그런 자세들은 서정성 강한 텍스트들 속에서도 드러난다. 「태화강 십리대숲」에서는 달과 강물을 벗 삼아 삶의 시름을 달래기도

하고 「앵두꽃 환하다」에 이르면 어릴 시절의 기억으로 삶을 향기롭게 만드는 모습을 보여주기도 한다.

그곳에 가면 보인다
들린다
설렌다

앵두꽃 등불처럼 환하게 반겨주는
적막이 손을 내미는 영현면 대법리 3번지

여름엔 천렵으로
더위를 잊을 즈음

개울 속의 산 그림자 긴 목을 내밀었고
어스름 저녁놀 따라 물수제비 번져갔다

가풀막 걸을수록
등이 휘는 바람 소리

다 닳은 두레 밥상 숟가락에 맹물 떠도
끈적한 삶의 무지개 보름달로 떠올랐다

-「앵두꽃 환하다」 전문

백순금 시인은 포기하지 않고 중단하지도 않고 꾸준히 삶의
길을 가면서도 고운 정서의 꽃밭 하나 마음속 깊이 품어 가꾸
기를 멈추지 않는다.

그러나 백순금 시조의 가장 강한 특징은 우리 삶의 면면에
숨겨진 지혜와 철학, 그리고 아이러니들을 놓치지 않고 포획하
는 힘의 표출에서 찾을 수 있을 것이다. 「산보다 높은 곳에」에
서 발견하는 아이러니도 그중의 하나이다.

오솔길에 켜진 외등 짧은 그림자 뱉는다
부산한 곤줄박이 날갯짓 솟구칠 때
분양 중 신축 아파트 바벨탑을 세운다

정수리 타고 내려온 호젓한 바람결에
동백꽃 낭자한 하혈 오금이 저려오자
길 위에 찍던 발자국 산 아래로 쏟아진다

문득 바라본 아파트가 앞산보다 높게 섰다

내 잠드는 베갯머리가 저 산보다 높았다니

산보다 더 높은 곳에 둥지 틀고 살았다니…

     –「산보다 높은 곳에」전문

  시인은 인간의 오만함을 풍자와 아이러니를 통해 고발한다. 자연 속에 스미고 깃들어 살기보다는 자연에 도전하고 파괴하여 정복하는 현대인의 모습을 비판한다. 고층 아파트가 문명의 오만함을 상징하는 건축물이라고 지적한다.「스마트폰, 너」또한 문명 비판의 텍스트로 읽힌다. 문명의 이기를 개발해 놓고는 스스로 그 기계에 구속당하는 인간의 모습을 예민하고도 정확하게 재현하고 있다.

너를 사귀고는 모든 걸 까먹었다

안과에 예약해 둔 날짜도 잊어먹고

머릿속 달달 외우던

전화번호도 까맣다

급하게 외출하며 네가 손에 없을 때

줄줄이 부재중 전화 단톡에 문자까지

너에게 모두 맡겨둔

내 하루가 불안하다

차곡차곡 저장해 둔 여백의 비밀까지

통로를 열어가며 손에 꼭 쥐는 연습

내일은 일찍 깨워줘

편안한 잠 청한다

－「스마트폰, 너」전문

    스마트폰에 지배당한 현대인의 모습은 "너에게 모두 맡겨
둔/ 내 하루가 불안하다"라는 구절에서 가장 선명하게 드러난
다. 신뢰하고 의탁하면서도 불안을 그 대가로 얻게 되는 아이
러니가 강렬하게 텍스트를 지배하고 있다.

    그러나 백순금 시인의 삶의 자세와 시 쓰기의 철학을 가장
선명하게 보여주는 텍스트로는 「나팔꽃 무대」와 「맨발 걷기」
를 들 수 있다. 「나팔꽃 무대」에서는 나팔꽃의 생태를 관찰하
며 나날이 조금씩 자신의 공간을 확장하고 삶을 상승시켜 나가
려는 자세를 보여준다. 「맨발 걷기」에서는 거북이 트랑퀼라의
모습을 재확인할 수 있다. 한번 나선 길에서 멈추지 않는 삶의
자세가 더욱 구체적으로 드러난다. 삶의 군더더기와 장식들을
모두 드러내고 맨발로 땅을 디뎌나가는 모습에서 종교적인 경
건함조차 느낄 수 있다. 성실히 살아간다는 것은 정직하게 맨
발로 걷는 것에서부터 출발하는 것이라고 시인은 이르고 있다.

간밤에 또 한 뼘 배밀이를 했구나
소박하게 그리던 푸른 꿈 손에 쥐고
가붓이 한발 앞당겨 겹눈으로 뜨는 아침

햇살 붉은 한나절 나붓하게 꼬고 앉아
익숙한 발소리에 터진 귀를 열어두면
몇 음절 소프라노로 청빈한 무대 꾸민다

종소리로 씻어낸 맑은 소리 퍼 담아
바람의 등줄기를 둥글게 말아 쥐고
제 속살 가볍게 태워 살포시 막 내린다
   ─「나팔꽃 무대」전문

맨발로 걷는 것은 지친 하루 걷어내기

겹쳐진 마음 열고 속살까지 가 닿기

온전히 숨결 모아서

참진 나를 키우는 것

무거운 몸을 털어 움켜쥔 맘 내려놓기

자분자분 걸어서 홀가분히 날 때까지

순리로 나를 채찍하고

차근차근 다듬는 것

비움에서 시작하여 포근히 젖기까지

구겨진 언어를 다려 반듯하게 펴질 때

비워낸 나를 읽으며

다독다독 채우는 것
　－「맨발 걷기」 전문

"자분자분" 걷는 것은 삶의 첫 발자국을 떼는 일에 해당한다.

그렇게 자분자분 걷노라면 결국은 "차근차근 다듬"고 "다독다독 채우는 것"도 가능하다고 시인은 이른다. 비움을 시작하면 "포근히 젖기"에 이르기도 하고 비워낸 다음에야 "채우는 것"이 가능하다는 것을 또한 보여준다. 그렇게 걷는 것에서부터 삶은 매일매일 시작하고 다시 시작하게 될 것임을 깨닫게 한다. 여성으로서 감당하는 일상의 작은 일들이 모두 인생철학을 깨우치는 역할을 담당하듯, 그리고 그 깨우침은 다시 문학적 재현의 형식으로 다시 드러나듯 백순금 시인에게는 모든 것이 서로 손에 손 잡고 맞물려 있다. 천천히 부단히 걸어서 삶을 값지게 완성하려는 자세는 시인의 텍스트 전편에 드러나 있거니와 맨발로 걷는 것의 의미는 더욱 강렬하다.

「맨발 걷기」에 이르면 걷는다는 행위를 통해 삶의 매 순간이 다시 해석되고 새로워진다는 것을 알 수 있다. "맨발 걷기"가 열어준 갱생의 삶이란 시인에게 새로운 시어로 구성된 문학 텍스트를 안겨주는 질료라는 점도 자명해진다. "구겨진 언어를 다려 반듯하게 펴질 때" 맨발로 걸어 삶의 순수성을 회복하고 새로워진 삶을 통해 반듯하게 펴진 언어를 얻게 된다고 시인은 노래하고 있지 않은가.

꿋꿋이 앞만 보고 걷고 또 걸어서 거북이 트랑퀼라는 임금님의 잔치에 참석할 수 있었다. 시인에게 있어서 임금님의 잔치란 무엇일까? 아마도 풍성하고 아름다운 시어로 넘쳐나는 언어의 식탁 아닐까? 백순금 시인이 초대받아 앉을 식탁의 한 자리를 그려본다. 지금 걷고 있는 길에서 멀지 않은 곳에 궁전이 있는 듯하다. 사막의 신기루처럼 시인의 눈앞에 다가온 듯하다. 이미 오래도록 먼 길을 한결같이 걸어온 시인이기에, 그것도 맨발로 정직하게 걸어왔기에.

* 참고한 책

Jody Allen Randolph ed. Eavan Boland: A Critical Companion. W. W. Norton & Co. New York, 2007.